네가 말을 걸었다

오늘도시리즈
14

네가 말을 걸었다

발 행 | 2023-3-7
공동저자 | 전영은 . 미미 . 이무늬 . 신수연 . 최유라 . 이효진 . 꽃마리쌤
기획·디자인 | 꽃마리쌤
펴낸이 | 한건희
펴낸곳 | 주식회사 부크크
출판사등록 | 2014.07.15(제2014-16호)
주 소 | 서울 금천구 가산디지털1로 119, A동 305호
전 화 | 1670 - 8316
이메일 | info@bookk.co.kr

ISBN | 979-11-410-1924-2

www.bookk.co.kr

네가 말을 걸었다

전영은 · 미미 · 이무늬 · 신수연 · 최유라 · 이효진 · 꽃마리쌤

작가님들의 다양한 이야기를 담았습니다.

당신의 . 이야기가 . 책이 . 됩니다

쓸수록 힘이 나고,
매일매일 행복해지는
한 줄의 기록

당신의 . 기록이 . 책이 . 됩니다

차
례

일상그린

———

전영은

전영은

×

누구나 초록이 주는 편안함은 설명하지 않아도
느낄 수 있어요.
초록 가득한 잎들만으로도 고마운데 때가 되면
색색의 꽃들을 피워줍니다.
위로받기에는 그걸로 충분해요.

안녕, 나의 초록이들
문득 네 생각이 났어

문득당신생각이났어요

네 생각을 하면 기분이 좋아지거든

1월
조용히 봄을 준비하는
'히아신스'

지난봄, 보라색 예쁜 꽃을 보여주었던 아이

꽃이 지고 베란다에 있는 큰 화분에 무심하게
심어 두었는데 기특하게도 아직은 추운 1월에 벌써
이렇게 새 얼굴을 보여줄 준비를 하고 있었구나

너에게서 배운다

2월
별을 닮은 아이
'수선화'

별을 보고 싶을 땐
밤하늘을 올려다보곤 했는데
수선화가 필 때는 집안에 노란 별들이 한가득-

"별 보러 와요, 우리 집으로"

3월
레몬 향기가 날 것 같은
'튤립'

누구보다 우아하게
꽃봉오리를 만들어 올리는 3월의 튤립

"너에게서 레몬 향기가 날 것 같아"

4월
동글동글 예쁜 얼굴을 가진
'왁스 플라워'

처음 만났을 때 마치 봄에 피는 매화 같았던 아이

작은 얼굴들이 옹기종이 모여있는 모습이
너무 사랑스러웠던 아이

5월
꼭 감사의 꽃이 아니더라도
'향기 카네이션'

피워내는 꽃들이 많아서인지
매일매일 물을 주어야 하는 아이

가만히 코를 가져다 대면
기분 좋은 향기가 나는 향기 카네이션

사람도 마음에서 좋은 향기가 나는 사람이 좋아요.

6월
마음이 급하다면
'푸테리스 고사리'

한 여름의 화원은 많이 더워요. 식물의 성장이 빨라지는 계절이기도 하고
요. 그런 여름에 새 가족이 된 아이는 특이한 잎 무늬를 가진 푸테리스 고
사리입니다. 봄에 데려온 보스턴 고사리로 인해 고사리과 식물의 매력에
푹 빠졌어요.

이 아이들은 습기를 좋아해서 저처럼 오매불망 아침저녁으로 관심을 주며
물 주고 싶어서 조바심 내는 성격에 잘 맞는 아이들입니다. 하지만 너무 좋
다고 해서 일방통행은 안되는 거 아시죠? 식물도- 사람도-

7월
사각사각 종이 소리가 나는
'로단세'

봄에 씨앗을 뿌리면 7월에 만날 수 있는 아이

해가 뜨면 웅크린 얼굴을 활짝 펴는 아이
해가 지면 다시 얼굴을 묻고 잠을 자는 신기한 아이

8월
하얀 눈꽃 송이
'산수국'

하얗고 또 하얀 마음들이 모여,
그보다 더 새하얀 수국이 되었나 보다.
혹여나 마주한 아이 다칠까,
모나지 않고 둥글게 자란 꽃 볼을 가진 아이들이 예쁘다.

빨리 여름이 와서 다시 만날 수 있으면 좋겠다.

9월
몬스테라의
성장은 계속된다

정말 작은 아이를 데려왔는데 시간이 갈수록 씩씩하게 성장합니다. 지지대를 해줄까 하다가 줄기를 잘라 수경재배로 뿌리를 내려 '쉼'이 필요한 이들에게 선물합니다.

소중한 사람에게 식물을 선물하는 건 그 아이를 바라보는 시간만큼은 그대도 편안했으면 하는 바람이지요.

몬스테라는 장마철에 과습으로 인해 뿌리가 흙 밖으로 나와서 말을 듣지 않는 아이처럼 제멋대로 뻗어나가기도 해요. 물에 키워도 흙에 키워도 얼마나 잘 자라는지 기특하고 안쓰럽답니다. 이렇게 몬스테라는 오늘도 열심히 자라며 내년 봄, 흙이 있는 화분으로 이사 갈 준비를 하고 있습니다.

10월
하늘만큼 높은 아이
'은행나무'

때로는 말로 표현할 수 없는 웅장함을 만나고는 해

그럴 땐 마음도 함께 벅차올라

11월
다음을 준비하는
나무들

자연이 만들어 낸 색들로 따스했던 일 년

어느새 마지막 인가 봐
다시 찾아와 줄 거지?

12월
조금 더 함께하고 싶어-
'드라이플라워'

아쉬운 마음에 너를 잡아 보았어

오늘도 나의 작은 숲,
초록 식물들과 함께 내 마음도 성장합니다.

슬기로운 유치원생활

미미

미미

×

나의 개아들 건뭉탱군은 유치원에 다닌다.
주3회 등원을 한다.
4.7㎏이였던 우리 뭉탱이는 이제 5.9㎏이 되었다.
한 살부터 두 살까지 지난 일 년간의 유치원
생활을 기록해본다.

우리의 등원

나는 유치원교사다. 당연히 아침마다 유치원으로 출근을 한다.

우리 뭉탱이도 유치원에 다닌다. 5kg미만일 때는 유치원비가 432,000원이였는데 반 년이 지나고 5kg이 넘어가면서 480,000원으로 올랐다. 강아지 유치원은 몸무게에 따라 원비가 달라진다. 사람들은 듣고 놀라며 웃는다.

우리는 종종 버스를 탔지만 거의 대부분은 아침에 콜택시를 불러 강아지유치원까지 간다. 뭉탱이를 등원시키고 나면 나는 길을 건너 버스를 타고 출근을 한다. 뭉탱이는 아침에 잠이 덜 깬 채 등원을 한다. 빈 속으로 등원시키기가 안쓰러워 간식을 두어개 먹인다. 오늘도 귀여운 뭉탱이를 기록으로 남기고 싶어 택시안에서 찰칵- 뭉탱이 사진을 찍으면 택시기사님들은 살짝 놀라며 힐끗 쳐다본다. 내가 유난스러운가보다.

하루는 마찬가지로 택시를 타고 등원을 하던 날이였다. 택시기사님이 굳이 소리까지 크게 내며 혀를 찬다. 개를 데리고 택시를 탄 것이 마땅치 않은 모양이시다. 개가 돈까지 내며 유치원에 다닌다니 기가 막히신 모양이다. 그런 것을 뭐하러 키우냐고 하신다. "선생님.. 제가 나이가 많은데... 애가 없어요. 그래서 아들처럼 키우고 있어요..." 엄청난 비밀을 고백하듯 약간의 슬픔을 섞어 연기를 좀 했더니(난 진짜 나이도 많고, 아이도 없었고(물론 결혼도 안했지만), 정말 아들처럼 키우고 있으니 거짓말은 아니다) 택시안의 공기가 달라졌다. 기사님은 한마디도 더 보태지 않으시고, 나를 무지하게 안쓰러운 눈빛으로 쳐다보며 꾸벅 고개까지 저어가며 속도를 줄이셨다. 우리는 그렇게 아침마다 등원을 한다.

강아지유치원

강아지 유치원에도 원복이 있고, 유치원가방이 있고, 도시락통도 있다.

노란 원복을 입고 모자를 쓰면 모든 강아지들의 귀여움은 그 배가 된다.

물론 같은 원복을 입어도 개엄마는 나의 개아들을 한 눈에 알아볼 수 있다.

우리 개아들에게서 빛이 나기 때문이다.

뭉탱이 친구들

개아들도 아들이라, 걱정이 태산이다. 유치원에서 잘 지내고 있는지, 친구는 있는지, 밥은 잘 먹는지, 엄마는 찾지 않는지, 오늘 입혀 보낸 옷이 춥지는 않을지, 똥은 잘 쌌을지.. 걱정이 이만저만이 아니다. 그러다 사진 한 장으로 마음을 놓는다.

봄소풍

어린이날을 맞아 강아지유치원에서도 봄소풍을 갔다. 처음 보내
는 봄소풍이 어찌나 설레던지, 전 날부터 원복이며 가방이며, 이
동가방에 건뭉탱의 이름과 나의 전화번호를 적었다. 간식과 점
심도 미리 싸두었다. 뭉탱이는 수영도 못하는데 수영장으로 소
풍을 간다니 걱정이 앞서 원장님께 구명조끼 잘 입혀달라고 부
탁을 여러 번 했다. 친구들과 잔디밭에서 뛰노는 뭉탱이의 환한
웃음에 감사기도를 드린다.

어버이날

어버이날, 우리반 아이들과 카네이션을 만들고 감사카드를 쓰고 한바탕 난리를 치고 뭉탱이를 데리러 강아지유치원으로 갔다. 뭉탱이를 본 순간 웃음이 터졌다. 눈물도 핑 돌았다. 우리 아들 건뭉탱군이 빠알간 카네이션이 되어 있었다. 원장님이 고생이 많으시다.

뭉탱이의 여자친구

뭉탱이에게 여자친구가 생겼다. 뭉탱보다 작지만 에너지만큼은 밀리지 않는 친구다. 멍푸치노를 나누어 마시는 개아들을 보고 있자니 드라마에서나 나오는 못된 시어머니가 되고 싶어졌다. '내 눈에 흙이 들어가기 전에는!!'

유치원의 하루하루

너는 거의 매일 강아지 유치원에서 제일 장난꾸러기였고 거의 매번 새장난감을 독차지하고, 친구들에게 먼저 놀자고 다짜고짜 머리를 들이밀지.

네가 사람이였다면? 그런 상상을 하면 엄마는 네가 강아지로 내게 온 것이 참으로 감사할뿐이야.

장난꾸러미, 건뭉탱이. 너의 배 위에 나의 눈코입을 박고 숨을 쉬면 완전한 행복이 내게 스며들어와. 넌 나의 전부, 넌 나의 우주야.

럭키야, 안녕

___

이무늬

이무늬

×

저는 동물을 좋아하는데, 특히 고양이를 좋아합니다. 또한 길냥이들과 동물자유연대에 후원하고 있습니다. 애견샵 폐업으로 아이들 방치, 보호소, 안락사 문제도 있고, 또 무분별하게 입양하여 늙고 병들면 버려지는 아이들이 많습니다. 동물도 생명이고 가족입니다.평생 사랑해주세요. 부디 사지 말고 입양해주세요.

당신은 무엇을
기억하고 있습니까?

그날의 기억을 떠올려 봅니다.
아직 바래지 않은 기억들.
회색빛이 도는 구멍 뚫린 기억을 떠올립니다.
좋았다고 하기엔 아직 아프고,
아프다고 하기엔 아직 설레고,
잊었다고 하기엔 너무 생생하고,
생생하다고 하기엔 지금은 어렴풋합니다.
무슨 감정인지 모를 것들이 자리 잡고 있습니다.
무슨 기억인지 모를 것들이 자리 잡고 있습니다.
떠오르는 건, 그 많던 세월 속에 단 한 장면.
웃고 있는 당신의 모습뿐입니다.
그마저도 희미해져 가는 기억.

살아도 사는 게 아니요,
자도 자는 게 아닙니다.
목구멍에 넣어도 삼키지 못할 그리움.

당신은 기억하고 있습니까?
당신은 무엇을 기억하고 있습니까?

행운이었어. 너를 만난 건 내 인생에 럭키였어.

민아야, 우리 언제 만났는지 기억해? 10년 전 너의 모습이 기억나.

황색 빛의 털에 파란색 눈을 가진 나는 사람들이 흔히 말하는 코숏의 치즈야.

태어나보니 어둑한 밤이 짙게 깔려있고, 반짝이고 시끄러운 도시 외곽에 있는 허름한 공장이었어.

길냥이지. 나에게는 다섯 형제들이 있었어.

난 아깽이 시절을 형제들과 거리에서 떠돌면서 지냈고, 어린 나에게 거리 생활이란 매일 지침이고 힘듦의 연속이었어.

항상 먹을 것이 풍족하지 못했고, 때로는 다른 동물들에게 위협을 받아야만 했지.

그리고 추위와 더위를 맨몸으로 견디며 지냈어.

참, 고양이도 기도하고 소원 비는 거 알아? 난 매일 기도했어.

'행복한 고양이가 되게 해주세요' 매일 하루도 빠짐없이 매일 달님을 보면서 소원을 빌었어.

지금 생각해보면 달님이 널 보내준 게 아닌가 생각이 들어.

내 소원이 이루어 졌잖아?

길거리 생활을 하다 보면 가끔은 즐거운 일들도 있고 설레는 순간들도 있어.

공원에 놀러 가면 가끔 먹이를 주는 사람들이 있었거든. 그때 참 설레었지.

그 먹을 것 때문에 종종 공원에 놀러 갔었어.

형제들끼리 서로 먹겠다고 다툰 적도 있다니까?

그렇게 살던 중에 유난히 비가 많이 오던 날이었어. 너무 많이 내리는 폭포수 같은 빗물 탓에 미처 피하지 못한 형제 둘은 떠내려가고야 말았어. 그때만 생각하면 너무 무섭고 아찔해..

우왕좌왕 거리다가 나도 식구들과 흩어지게 되었지.

어디로 간 건지 죽었는지 살았는지 하...모르겠어...

난 슬퍼할 겨를도 없었어. 내 몸을 돌봐야 했지. 숨이 붙어 있으니 살아야 했거든. 그렇게 홀로 떠돌아다니게 된 나는 제대로 먹지를 못해서 탈수 현상이 왔고 제대로 걸을 수조차 없는 지경에 이르렀어. 지칠대로 지쳤었어...

누가 신고를 한 건지 어쩐건지 아저씨들이 날 잡으러 왔더라.

잡히지 않으려고 안간힘을 썼어. 곧 포기했어. 난 도망갈 힘도 없었고, 혼자 살아 내야만 하는 위험한 거리 생활에 너무 지쳐 있었거든. 차라리 잘됐다고 생각하며 순순히 잡혔어.

지금 생각해보면 그날이 내 인생에 전환점의 시작인 것 같아.

나를 잡아가서는 치료도 해주고 밥을 주고 물을 줬어. 참 고마웠지. 그런데 풀어주는 게 아니고 조그마한 철창에 가두더라.

친구들이 많이 있었어. 혼자 무서워하니까 옆에 있는 친구가 말도 걸어주고 안심시켜 주더라고..

'어디서 왔니?'

'너 혼자 잡혀 왔어?'

'가족은 어디 있어?'

'여기 나름 지낼만해'.... 여러 친구의 질문이 쏟아졌고 한동안은 정신없었어.

여기 친구들은 궁금한게 어찌나 많은지..

보호소는 편안하지는 않았지만 위험 속에서 쪽잠 자지 않고 잠을 잘 수도 있고, 밥도 주고, 주변이 막혀서 보이지는 않지만 친구들도 많고..

좁아서 답답했지만 난 그럭저럭 좋았어.

하루 이틀 지나니 친구들이 점점 많아졌어. 신기하게도 계속 들어오더라.

늙어서 버려진 친구들, 아픈 친구들도 있었고, 나처럼 아직 어린 친구들도 많았어. 나처럼 원래 길에서 생활하는 친구들도 많았는데 게 중에 아프다고, 늙었다고, 키우기 힘들다고 버려진 친구들이 참 많았어.

왜인지는 이해가 되지 않았어. 난 원래 길에서 생활했었으니 잘 모르지.

그런 친구들은 여전히 가족이라는 이름이 어울리지 않는 사람들을 좋아하고 자기를 찾으러 올 거라는 생각을 가지고 있더라. 웃기지? 어리고 이쁘면 가족이고 늙고, 아파지면 가족이 아닌가 봐.

보호소에서는 여러 이야기들을 듣고 사니까 갇혀서도 여러 가지 경험을 할 수가 있었어.

그리고 여기서는 보이지도 않는 달님에게 소원도 잊지 않고 매일 빌었어. 하루에도 몇 번씩 빌었던 적도 있다니까?

그런데 어느 날 청천벽력 같은 소리를 하더라? 마냥 보호소에 있을 수가 없대. 어느 기간 동안 입양이 되지 않으면 안락사를 시킨다는 거야.

늙고 많이 아픈 친구들과 오래된 친구들은 안락사시키겠다고 하더라. 너무 무서웠어. 말로만 들었거든. 친구들의 말소리가 하나, 둘, 셋... 안들릴 때 그 공포감은 말도 못 해.

나 태어나서 힘든 일만 겪었는데... 왜 데려와서는 나와 친구들을 죽이려고 할까. 죽음이란 걸 몰랐지만 너무 무서웠어.

나 조금만 더 살아도 되지 않을까?

나 아직 어린데..

나도 좀 편하게 살아봐도 되지 않을까?

나도 하루라도 행복하게 살아보고 싶은데.. 달님한테 소원도 많이 빌었는데...

이렇게 태어난 게 죄는 아니잖아... 라는 생각을 많이 했었고 친구들과 얘기하면서 많이 울었던 것 같아. 아무런 소용없는 울부짖음.

그로부터 며칠이 지났을까..

초등학교 3학년쯤 되어 보이는 양 갈래 머리를 한 꼬마 여자애가 부모님의 손을 잡고, 내가 사는 보호소에 왔어.

다들 난리가 난거지. 누군가가 오면 서로 데려가라고 꼬리를 흔들고 짖고 서로 뽐내기에 바빠.

난 맨 밑에 있어서 잘 보이지 않아서 매번 입양 가길 포기했었어. 나도 매번 속으론 얼마나 가고 싶어 했는지 몰라.

입양이 가고 싶다가도 내가 늙고 아파지면 난 어떻게 되는 거지? 다시 여기로 돌아오는 건가? 라는 생각이 들기도 하고 걱정도 되고 그렇더라고.

아마 난 차가운 철창 안의 보호소에서 많은 걸 배우고 느꼈던 것 같아. 그냥 삶의 이치랄까?

포기를 먼저 배우고 인내심을 배웠다고 보면 될 거야.

보호소는 길거리보다는 덜 하지만 차갑고 시끄럽고 외롭긴 마찬가지였거든.

양 갈래 머리를 한 꼬마 여자애가 갑자기 쭈그리고 앉아서 우리와 눈을 맞추더라. 누가 있나 본 거였겠지.

밑에서 올려다보는 것보다 민아 너를 내 눈높이에서 보니까 너무 귀엽고 사랑스러운 거야. 순간 욕심이 났지 뭐야? 나를 빤히 보고 있는 네가...

너를 보는 순간 너와 함께라면 난 행복한 고양이가 될 수 있을 거라는 확신이 들었어. 너라면 내가 늙고 병들어도 버리지 않을 거라는 느낌도 들었어.

다른 데로 입양 가려고 뽐내지 않길 잘했다는 생각이 문득 들었을 때.

넌 내 파란 눈을 한참을 보더니 엄마에게 속삭였어. 무슨말을 했던 걸까?

시간이 지나고 내가 짐작을 해본건데..

'엄마, 나 이 파란 눈을 가진 고양이 우리 집에 데려가고 싶어, 데려가자'라고 했던 것 같아.

왜냐하면 너의 소곤거리는 귓속말 뒤로 사람들이 뭐라고뭐라고 숙덕거리더니 곧 다들 나갔거든.

그리곤 잠시 뒤, 보호소 소장님이 다시 들어와서 나를 철창 안에서 꺼내셨어.

'오~예!! 나도 드디어 입양이란걸 가는구나, 이제 저 아이랑 살게 되는구나.' 속으로는 무척 좋고 많이 들떴지. 그 자리에서는 마냥 좋아하지는 못하겠더라고, 친구들 때문에...

'잘 가' '행복 해야 돼' '여기 다시는 오지 마' '나 잊지 마' '좋겠다~' '부럽다~'.....

곳곳에서 부러워하며 마지막 인사를 건네더라. 조금은 미안하고 설레는 표정으로 소장님 품에 안겨서 친구들에게 마지막 인사를 했어.

그게 내 보호소 생활의 마지막 날이야. 너와의 첫 만남이기도 하고. 포근한 수건을 깔아놓은 조그마한 상자에 나를 담아 차에 태웠어. 출발하는 순간 멀미가 났었는데 덜 닫힌 상자 틈으로 붉게 상기된 모습을 한 너의 얼굴이 보이는 거야. 그 모습에 마음이 놓였었나 봐. 민아야 넌 그때 정말 예뻤어.

너의 온기가 전해지는 상자 안에서 잠이 들었어. 태어나 처음이었던 것 같아. 그렇게 편안히 잠들었던 게.. 그래서 너무 생생하게 기억나.

도착한 그곳은 밖이 훤히 보이는 커다란 창문에 하얀 소파와 가구들이 돋보이는 너의 집. 아니 우리 집에 도착했고, 좋은 냄새가 나를 몽글몽글하게 만들었어.

너희들은 나를 씻기려고 물을 받고 참 분주하더라.

태어나서 빗물 말고는 물이 내 몸에 닿은 적이 없으니 더럽기도 하겠지.

아마도 '착한 모습으로 목욕 받아야지'라고 난 다짐했던 것 같아.

따뜻한 온도의 물, 보글거리는 거품의 향기로운 샴푸.

분명히 나 물이 처음이고 무서웠는데 이상하게 마음이 편안해졌었어. 조심스럽게 다가오는 손길. 낯선 손길임에도 불구하고 나도 모르게 모든 게 편안 했었나 봐.

목욕하다 보니까 내 모습을 호기심 반, 걱정 반인 눈빛으로 보고 있는 네가 눈에 띄었어. 까만 물이 많이 나온다고, 말랐다고 얘기하는 아줌마. 좀 창피했어.

칫,,씻은 적이 없으니 검은 물이 나오고, 철창안에서 하루하루가 지옥이었으니 마를 수밖에.. 창피해서 고개를 숙였어.

창피해하는 나와는 달리 아줌마와 민아 너는 한걱정이더라.

도착한 그곳은 밖이 훤히 보이는 커다란 창문에 하얀 소파와 가구
"민아야, 아우~이것 좀 봐, 물이 까매. 몇 번 더 헹궈야겠어"
"아이고~얘 마른 것 좀 봐"
"불쌍해라, 거기서 잘 못 먹었나 봐"
"우리 밥이랑 간식 많이 주자"
"근데~눈 색깔이 너무 예쁘다 너~"
"엄마~우리 얘 이름 뭐라고 지을까?"
"글쎄, 민아가 지어줄래? 예쁜 이름으로 지어줘 봐"
"엄마, 럭키 어때? 우리가 만났으니까~행운이잖아?"
"럭키? 그럴까? 이름 이쁘네?"
그렇게 난 럭키가 되었지. 사내아이답게 씩씩한 이름이 마음에 들
었어.
태어난 지 한참 됐는데 처음으로 이름이 생겼어.
눈물인지 얼굴을 닦아서 물이 묻은 건지, 따뜻한 것이 흐른 것 같
기도 하고..
기억은 나지는 않지만 그날은 몹시 울컥했던 것 같아.
개운하게 목욕을 마치고 나와 네가 준비해 놓은 '츄르'라는 걸 생
에 처음으로 맛보게 됐는데 깜짝 놀라서 나는 눈이 동그래졌어. 천
상의 맛이? 그 모습을 본 너는 내가 귀엽다고 깔깔거리며 웃어댔
지. 어찌나 놀리던지... 난 아랑곳하지 않고 깔끔하게 다 먹었지.
너도 기억나지? 행복했어. 정말 행복했어.

난 항상 눅눅한 사료만 먹었었는데...

여기가 천국인 것 같았지 뭐야?

츄르 먹다가 꿈 같아서 내 손도 물어봤다니까?

고생하고 힘들었던 지난날들이 주마등처럼 스쳐 지나갔어. 만감이 교차하더라.

이름대로 난 럭키한 고양이야~

캣타워에 스크래쳐. 큰 화장실... 그리고 가족. 이곳이 천국이더라.

내가 살기에 모자람 없이 꾸며놓은 공간. 높은 곳에서 마주한 노을은 그야말로 황홀 그 자체였어.

너와 지내는 시간들이 너무 행복했어.

제2의 인생을 사는 것 같았지.

맞지? 너와의 제2의 인생. 간혹 엄마와 형제들이 생각이 나긴 했지만 금방 잊고 지냈던 것 같아.

그 후로도 창가 캣타워에 올라가서 밤마다 달님에게 계속 빌었어.

'감사합니다. 이 행복이 끝나지 않게 해주세요'라고..

나와 눈 맞추며 놀아주는 너의 모습 날마다 행복해서 죽을 지경이었어.

그리고 민아 너의 성장하는 모습을 지켜보는 재미도 쏠쏠했어.

넌 나를 좋아해 줬고, 그런 널 나도 좋아했고, 우리는 진짜 가족이 되어가고 있었어.

그렇게 행복한 시간이 흘러갔지.

기억나? 너의 사랑 덕분에 그렇게 말랐던 내 몸은 어느새 뚱뚱보에 뱃살 가득한 고양이가 되었어. 내가 얼마나 날렵했는데... 뚱보라니...

가끔은 행복한 고민에 빠지기도 했었어.

옛날에 그 길거리, 보호소 생활의 기억은 가물가물해지고 그렇게 너와의 행복한 시간을 보냈지.

난 우리의 행복한 시간이 영원할 줄 알았어. 난 하루하루가 너무 소중했거든.

어엿한 숙녀의 모습을 하고는 중학교 올라갔고, 민아 넌 나보다 친구들이 더 좋았나 봐. 밖에 있는 시간이 많아졌고, 나와 놀아주는 시간은 점점 줄어들었어.

나는 혼자 집에 있는 시간이 많아지기 시작했지.

고양이는 외로움을 안 탄다고 누가 그래? 난 외로움을 많이 타는 고양인데...

너는 몰랐나 봐. 나는 다시 행복함이 간절해졌어.

그래서 더 열심히 달님에게 기도하고 소원을 빌었어.

내 일상은 매일 너를 기다리는 것뿐이었어.. 매일 네가 오는 시간을 기다렸지.

맛있는 사료도, 신선한 물도, 장난감들도 네가 없으니 점점 입맛이 없어지고 재미없더라.

그동안 포동포동하게 살이 찐 뚱보 고양이인 나는 시간이 지나면서 살이 빠지기 시작했어.

그 좋아하던 츄르도 달갑지 않더라.

윤기가 흐르던 털은 빛을 잃어가고 볼품이 없게 변하게 되었어.

알았지. 나 아프구나~

그거 알아? 고양이들은 아파도 아픈 내색 안 하는거. 아픈걸 알았을 때는 이미 늦은 걸 수도 있다는 거..

맥없이 잠만 자니 걱정이 됐었나 봐. 나를 케이지에 넣고 병원에 데려갔어.

전엔 아픈 곳도 없고 건강한 상태였는데 이제는 나이도 들어서 많이 쇠했고, 우울증이라는 진단도 나왔고 얼마 살 수 없다는 얘기를 듣고 왔어.

병원에 다녀오던 그날 나를 끌어안고 넌 밤새 울더라.

내 마음이 더 아팠어.

민아야, 내가 마지막까지 행복하게 살 수 있었던 건,

너의 사랑 덕분이야.

행복한 기억만 가지고 갈게. 가면 보호소에서 친했던 친구들이 많이 있을 거야.

아마도 엄마, 형제들이 있을지도 몰라. 가서 만나면 너와의 행복했던 스토리들 다 얘기 해줄거야. 그럼 깜짝 놀라겠지? 날 기억이나 하고 있을지 그것도 의문인데..

나를 입양 해줘서, 내 가족이 되어줘서 고마워.

너를 만나서 사는 동안 너무 행복했어.

우리 처음 마주했던 그날을 생각하면 아직도 설레어.

행복한 기억을 선물해줘서 정말 고마워.

우리 처음 만났던 양 갈래 머리의 꼬마 숙녀인 네 모습은 잊지 못할 거야.

우리 함께한 추억 소중히 간직할게.

우리 또 만날 수 있겠지? 내가 먼저 가 있을게.

다시 만나는 날엔 아프지 않고 건강한 모습만 보여줄게.

나 꼭 기억해줘야 해. 알았지?

그땐 내가 먼저 알아볼게. 내가 먼저 달려갈게. 걱정하지 마.

사랑해. 민아야.

너와의 기억을 어떻게 잊을 수가 있겠니.

잊을 리가 있을까. 잊힐 리가 있을까.

너와의 행복한 기억들을..

너와의 기억들은 색색 옷을 입고 춤을 춰.

아름답게.

사지 말고, 입양하세요

원했던 것처럼

신수연

신수연

×

의지하지도 않았고 의지할 생각도 없었는데,
내 기분을 움직이게 하는 너희 둘.

반려동물 : 정서적으로 의지하고자 가까이
두고 기르는 동물, 개, 고양이, 새 따위가 있
다. - 표준국어대사전.

첫 만남, 설렘.

어느 날, 아이의 손에 들려 온 달팽이 한 쌍.

달팽이라니.
예상하지 못했다.
식물 하나 키우지 않는 우리 집에서.
장수풍뎅이, 사슴벌레에 이어 달팽이라니.

테이크아웃 플라스틱 용기에 흙과 함께 담겨져 왔다.
이것도 인연일까.
눈 한번 마주쳐보고.
아이의 자연관찰책을 뒤적뒤적.

집에 있는 상추잎을 하나 넣어본다.

그래.
사는가 보자.
두 아이 돌보는 것도 정신없는데.
그래도 우리집에 왔으니.
사는가 보자.

여름의 그 어느 날.

집 만들어주기.

그 작은 용기 안의 벽을
여기저기 돌아다니며
상추며, 당근, 애호박 등 야금야금 잘도 먹으며
사는 구나 싶어서.

넓은 새 집을 만들어 주어야겠다.

흙과 전용 먹이를 샀다.
습도 조절이 중요하단다.
물방울이 맺히도록 물을 뿌려주었다.

아이가 보던 동영상 중에
"나는 비가 오면 행복하네." 라며
비를 맞으며 노래하며 춤추는 지렁이가 생각난다.

자라는 구나.

비슷한 크기의 두 마리 달팽이가
각자의 속도로
자라고 있다는 게 눈에 띌 정도로
차이가 나게 커졌다.

껍질은 윤이 나는지,
달팽이 몸 색을 관찰하며 스트레스를 받는 건 아닌지.
먹이는 잘 먹는지.
조금은 더 자세히 관찰하기 시작했다.

딱딱한 듯한 당근의 먹은 흔적이
신기하기도 하고,
흙을 파고 들어가
흙을 덮고 휴식을 취하는
달팽이의 몰랐던 능력.

갓 태어난 둘째 아이의
소소한 것들이 다 기특하듯

달팽이도 나에겐 처음이라.
모든 움직임들이 신기하고
살아있음에 감사하다.

달팽이 알.

달팽이의 움직임이 뜸해지고
흙 속으로 자꾸 들어가거나
오랫동안 상추잎을 덮고 있을 때가 있었다.

건조한 건지, 추운 건가 싶다 보면
어느 날,
흙 아래 한쪽 구석으로
작고 노란 빛의 알들이.

달팽이 몸처럼
흐물거리는 건 아닐까
젤리 같은 느낌이 아닐까
혼자만의 상상.

알을 분리해주며 보니
정말 알이었다.
다글다글거리는 느낌.

너도 힘들었겠다.
부드러운 상추잎으로
갈아준다.

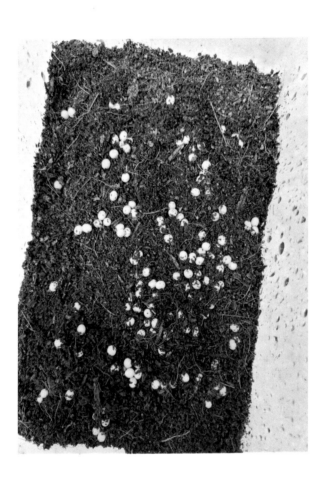

부화 후.

알을 분리시켜 주는 것까지만 괜찮았다.

엄마, 아빠 달팽이가 잘 살아있으니
이 정도면 잘 살지 않을까

알을 깨고 나오는 아기 달팽이의
귀여움, 앞으로의 기대감도 잠시.

부화하고 일주일 만에
다 죽고 말았다.

얼마나 촉촉하게 해줘야 하는 거지?
온도에 예민한건가?
흙은 얼마나 갈아줬어야 했지?

무언가
무지한 내 탓인거 같아.

마음 한 켠이
어둡고 무거워졌다.

나를 시험하는 거니?

두 번째 알을 낳았을 때는 반가웠다.
그래, 살게 해보자.

살아있는 기간이
조금의, 아주 조금의 차이만 있을 뿐
다 죽고 말았다.

무거운 내 맘은 더 무거워졌다.

달팽이가 이렇게 알을 계속 낳을 줄 몰랐다.
대략 일곱 달 동안.
네 번 째, 다섯 번 째...

집에서 아기 달팽이를 어느 정도 어른 달팽이가 되기까지
키우는 건 쉬운게 아니라고 결론을 짓고
나도 더 이상 안 할래.
키우던 달팽이마저 다 정리하고 싶어졌다.

그렇다고 아직 살아있잖아.
어떻게 정리를 할 수 있겠어.
죽게 내버려두는 건 내 일이 아닌 듯.

또 알을 낳았다.
나를 시험하는 거니?

사랑일까?

시간이 지날수록
너희도 나이를 먹고 있는 거겠지?

처음만큼의 관심도가 떨어지고
돌보는 것에 이따금 소홀해짐도 있어서겠지?

그렇게 알을 낳아서일까?

윤기나던 패각에 거칠어진 부분도 생기고,
몸 색깔도, 움직임도 느려진 듯 싶다가도

둘 사이는 변함이 없는 듯.

그렇게 따라다니고,
떼어 놓아도
결국 찾아서 붙어 있다.
한 몸 인듯.

사랑일까?

포기는 없어.

마음 한 켠으로
살면 다행이고,
죽으면 어쩔 수 없지
그런 마음으로.

흙을 조금 더 촉촉하게 해 주고
싱싱하고 부드러운 먹이로 채워줬다
춥지 않은지 먹이는 잘 먹는지
아침 저녁으로
그렇게 신경을 썼다.

서툰 내 돌봄에
꿋꿋하게 살아 남은 여섯 아기 달팽이.

살아남을지 몰라 사진 찍는 걸 안 했다.
몇 장의 알 사진 외에는 없다.

처음 찍어본다.

고마워.
나에게 힘을 줘서.

짝이 되는 동무 : 반려

살아 있음에
그 존재 자체로
나에게 반려가 되어주는

아이와는 또 다른

지금 달팽이.

나를 스치는 것들,
모두 아름답기를·

최유라

최유라

×

나의 이야기를 씁니다.
나의 이야기가 곧 세상의 이야기니까요.
글을 쓰면서 세상을 배웁니다.

목차

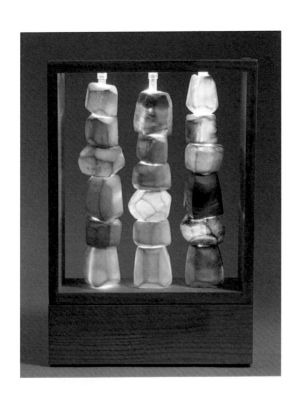

엄마의

보물

엄마의 보물
-후천적 유전자

"어머니, 이 돌들은 다 버리는 건가요?"

이사를 할 때면 우리 집에선 세 박스의 돌이 나왔다.

"아니요. 다 가져가는 거예요. 부탁합니다 기사님"

엄마의 취미는 돌 모이기이다. 가족 소풍을 갔다하면 돌을 하나씩 주워 오셨다.

"유라야, 엄마가 오늘은 화석을 주운 거 같아. 이 돌 좀 봐 꼭 화석 같지 않아?"
"유라야, 여기는 금광이 있었을지도 몰라. 돌에 금가루가 박혀있어"
"유라야, 엄마 도와서 이 돌 좀 들자. 집에 가져가려고"

어린 시절 시골 생활을 2년 한 게 가장의 추억이라며 엄마는 자연을 그렇게 좋아하셨고, 그렇게 취미는 고스란히 자연물을 집에 가져오는 것이었다. 돌, 주로 돌을 가져오셨고.

아파트였던 우리 집임에도 전원주택마냥 돌이 정말이지 많았고, 그 자갈돌들과 함께 나무 화분들도 정원만큼이나 많이 키웠다. 정확히 말하자면 그 정도면 정원이라고 부르는 게 맞긴 했다.

그런 엄마가 이해가 안 됐다. 전셋집 이사를 하면서도 엄마는 꼭 이삿짐센터에 웃돈을 주고 모든 돌을 이사하면서도 보관하셨기 때문이다.

이런 엄마와 다르게 얼마 전 독립을 한 나는 단 한 개의 돌도 이 삿짐으로 싸지 않았다. 지긋지긋했던 걸까.

그리고 이년쯤 지난 오늘, 이렇게 돌아보니 돌 하나 없던 내 독립공간에는 작은 화분들이 곳곳에 자리하고 있다. 돌도 되게 많다. 의미가 담긴 돌들이다. 내가 주워 온.

엄마가 했던 그 취미 그대로 물려받아 내가 일 년 반 전부터 하나씩 모으고, 낑낑대며 주워 온 돌들을 보며 생각한다.

나의 취미는 돌 모으기이다.

저는 놀을 좋아합니다

저는 돌을 좋아합니다
-글쓰기 교양과목 시간에

그리 중요하지 않고 재밌지도 않던 글쓰기 교양과목 시간의 이 야기이다.

오늘의 주제는 '내가 좋아하는 것에 대해 글쓰기'였다. 내 대학 생활 중 비중이 높던 전과 준비에 열중하느라 그리 그 수업에서 난 글을 빨리, 대충, 안 길게 쓰고 다른 공부를 하고 싶었다.

저는 돌을 좋아합니다.

어렸을 때부터 돌을 좋아했던 내 모습을 썼다. 엄마의 취미를 고 스라니 물려받은 건지 모르지만 어느 순간부터 난 돌을 그렇게 모으고 좋아했기 때문이다.

그런데 내 글쓰기노트 아래에 피드백란에 한 복학생 오빠가 글 을 남겼다.

도예학과인 최유라 학생을 보며 저렇게 지나치게 예술성만 강 조하는 학과에서 저 친구는 '대체 졸업하면 무엇을 하며 먹고 살까?'라는 생각을 많이 했던 기억이 납니다. 그리고 그 생각은 편협하고 오만했던 넘겨짚음임을 오늘 유라의 글을 보며 깨닫습니다. 저에게 전공은 취업의 수단이었지만 유라의 전공 선택은 자신이 좋아하는 분야였다는 걸 느낍니다. 새삼 부러워지고, 숭고해지기까지 하네요. 어울립니다 도예학과와. 많이 부럽게도요. 부끄럽습니다.

그 부끄러움은 나에게까지 전해졌다. 나 역시 내 미래와 취업을 위해 내가 선택했던 전공을 포기하고, 취업이 잘된다는 경영학과로의 전과를 준비하는 사연이 있었기 때문이다.

도예학과 전공 과정을 마치고 졸업을 한 뒤에도 6년간 난 정규직 취업을 하지 못했던 과거가 있다. 하지만 가끔의 감정변화 외엔 난 내 전공 선택을 후회할 이유가 없었다.

내가 했던 선택은 나를 위한 선택이었으니까. 글쓰기 수업에서 배웠다.

진
인
사
대
천
명

진인사대천명
-옥스포드에서 주운 돌

중학교 2학년, 책을 쓰러 영국 옥스포드에 방문했을 때이다.

당시 칼리지의 개념과 유니버시티의 개념을 몰라 마을 전체가 대학교라는 게 생소했다. 생소하면서도 웅장하고 유서 깊어 보이는 해리포터 호그와트 마을. 그 마을의 주민들은, 즉 학생들은 모두 책을 서너 개 들고 초롱초롱한 눈으로 바쁘게 어딘가 있을 어딘가로 가고 있었다.

아마 꿈의 길을, 열정의 길을 걷는 중이었을 것이다. 덜컥 겁이 났다. 불현듯 무서운 감정이 나에게 급습했다. 내 친구들은 지금 학교에서 열정적으로 공부를 하고 있을 텐데, 나는.. 나는 이곳에서 무엇을 하는 거지. 나는 동양의 작은 나라 속 작은 도시의 소녀일 뿐인걸….

덜컥 겁이 났고, 때마침 어느 칼리지 앞 돌부리에 걸려 넘어졌다. 앗. 그 새 함께 카메라도 떨어지며 고장이 났다. 그리고 넘어진 내 눈앞엔 칼리지 정원이 보였다. 나도 모르게 난간에 앉아 정원의 돌멩이를 하나 쥐고 다짐했다.

한국에 돌아가면 새로워지자. 겸손해지자. 열심히 살자. 그리고
초심을 잃지 말자.

고등학교 삼 학년. 수능 당일, 양손으로 옥스포드에서 소중하게
집어 들었던 그 정원 돌멩이를 감싸고 기도했다. 내가 한 만큼,
내가 기다린 만큼만, 딱 그만큼만 이 시험을 끝까지 끝날 때까지
진지하고 열심히 신중하게 정성을 다해 임하게 해달라고.

그리고 딱 그만큼의 결과가 나온 것은 그것은 나의 인생에서 가
장 큰 교훈이었다.

이후 나는 요행을 바라지 않는다. 진인사대천명. 내가 할 수 있
는 일을 후회 없이 다 하고, 그 나머지는 하늘이, 하늘이 마무리
해주신다. 그것도 아주 공평하게.

나를 스치는 것들,
모두 아름다기를.

나를 스치는 것들,
모두 아름답기를..

- 내가 나를 사랑하게 되는 이유는 느닷없이 찾아온다

나는 중요한 자리에 꼭 도자기 선물을 가져간다. 내가 도예학과이기에 내 아이덴티티라고 여겨 그러는 거 같다. 이인희 선생님께서 언젠가 내가 도예학과라는 이야기를 들으시고 '참 아름다운 학문을 배웠네요' 라는 말씀을 해주셨는데 그때 이후로 나는 내 전공을 사랑하게 된 거 같다. 그 이후로 내 자존감이 참 많이 올라갔다는 것도 뿌듯하다.

우리 김승욱 선생님은 웨지우드를 참 좋아하셨다. 강의 시간에 웨지우드 잔을 되게 많이 들고 오셨다. 제자가 영국에서 선물을 주셨다며 곱게 포장된 웨지우드 잔을 소중히 보여주시곤 했다.

그래서 그런지 나는 소중한 날엔 소중한 선생님들껜 웨지우드 잔을 선물 드리곤 했다. 오늘도 그렇다. 자주 못 뵙는 송진희 선생님께 웨지우드 잔을 준비했다. 송진희 선생님은 나의 이효진 선생님을 만나게 해주신 너무너무 귀한 인연이시다.

살아가면서 소중한 인연들을 참 많이 만났고, 나를 진정히 아껴주신 참 많은 선생님을 많이 만났다. 나도 그래서 그 감사를 빚이라 생각하고 또 다른 많은 친구들에게 갚으려고 노력한다.

나를 스치는 모든 이들이 아름답길 바란다.

시에게 마음을 놓다

이효진

이효진

×

어린 시절에 썼던 시를 꺼내봤어요
그때 내 감정, 그때 내 생각이 보이네요
그 순수했던 시를
어른이 돼서 다시 바라봅니다
나에게 말을 걸었던 어린 시들에게
이제 답해요
고맙다고..
덕분에 잘 성장했다고...

산길

가을길에서 만난 산 그림자
저 혼자 깊다
산국화 하나

고요를 흔드는 오후
바람마저도 풍경이 된다

떠나는 일에만 익숙한 세월
다시 빨갛게 저물어 가는 날

가을산 밝히는 망개 열매들
길모퉁이 선뜻 손을 내민다

들국화

어느 계절이던가
네가 하얀 웃음으로 태어나
긴 세월의 인내를 묶던 날은

새벽 종소리 한 움큼
네 그림자에 숨는다

어느 오후이던가
네가 참지 못하는 목마름으로
행인의 발목을 부여잡던 날은
행인은 너를 위해 눈물을 주었고
하늘은 네가 쉴 그림자를 선사했다

어느 계절이던가
네가 눈물로 이울며
기약없이 떨어지던 날

겨울은 차가운 손으로 하루를 덮고
산은 너를 위해 고개진다

계수나무

보이는가, 저기
연한 가지로 엮은 월계관
곱게 머리에 쓰고
무너진 하늘가로 걸어가는
산 그림자

상처 깊이 날수록
짙은 향기 머금는 잎새
고목에 맺힌 사연이
방울 방울
인고의 세월로 고인다

밤마다
야윈 어깨 흔드는 그리움
하늘에 발자국 하나 할퀴고 떠난다

보았는가, 저기
메마른 가지에
텅 빈 사랑노래 던지고
해 기운 고갯길 걸어가는
젖은 뒷모습 하나

애벌래

산그늘 나른한 이른 봄 한나절
산마루로 기어가 홀로 허물 벗고 나면
서녘하는 노을이 열반에 든다

버려도 버려도
다시 벗어야 하는 허물
밤마다 벌레의 꿈으로 이어지고
이마를 덮는 마른 잎새는
젖은 눈물이 된다

고요를 감싸안은 새벽
낮게 드리운 바람에
일으키는 투명한 몸
진눈깨비에 놀라
차가운 땅바닥에 드러눕는다

모래 숲 아래
허덕이는 풍경소리
새벽이슬길 위로
펼쳐지는 끝없는 서러움

그 밤

그 밤
한없이 우러르고 싶은
그리움 하나 있었다

내 짧게 살아온 날보다 더 많은 날들
맞바꾸고 싶은 피멍든 기도마저
아름답더라
곤히 잠든 별빛마저 깰세라
바람 많은 밤
당신은 숨죽여 속삭인다
잘자라 잘자라

바람의 소리는 향기롭더라
내 안에서 나를 흔들어 깨우는
그리움 하나

강

깃시린 바람 켜로 쌓인다
저 혼자 깊어가는 노을 속
하늘마저 강물 깊이 몸을 섞는다
내려앉다 일어서는 철새떼
저문 꿈 물고 어디로 떠나는 것일까
머언 추억처럼 하늘 휘감고 돌아서면
울다지친 노을이 고요를 깨문다
어두울수록 깊어지는 강 가장자리
고개들지 못하는 갈대들이 물구나무 선 채
흘러간 꿈을 건진다

열대야

밤마다
부채질하는 나뭇가지 안쓰러워
잎새들 모두 비손으로 바람을 불러 모은다
고개진 채 잠든 바람
별들 몇 날 거느리고 새벽을 뜰 쯤
더위에 지친 창백한 하늘
스스로 야위어간다
염병앓던 나뭇잎 떨어진 자리
잠 못 이룬 하현달 하나
충혈된 눈으로 땀을 씻는다

절벽

무너지고 싶었다
세상을 덮기 위해 찾아오는 어둠 모퉁이
내 꿈이 딛고 선 자리는 늘
허연 달빛으로 솟구친 달뿐이었다
달빛의 살갗 핥는 바람
세월을 행군다 벼랑 끝
노송 한 그루
조용히 제 그림자 딛고 일어서던 밤

photo by 신지수

어머니

당신은
황혼에 젖어 드는 저녁이내 입니다

귀뚜라미 소리 서러운 가슴에
가냘픈 울음이 되는 강가
풀피리 소리 머언 하늘 휘감고 돌다
연둣빛 잎새에 머물면
홀로 고개지는 코스모스
나를 흔드는 어머니를 보았습니다

당신은
대지에 짙게 드리운 그림자입니다

땀줄기 흐르는 노을로 무더위 던지며
등에 업은 생명에게
불러주시던 푸른 노래
어머니 이마에 맺힌 땀내는
지상에서 가장 아름다운 향기로
하늘 곱게 물들이고 있습니다

당신은
바다 드러내지 않는 강입니다

바위 옹두라지 깎이고 깎일 때까지
눈물로 부딪혀 얼룩진 세월
날개짓하는 어린 물새 두고
더 큰 하늘로 떠나는
어미 물새의 눈물 비친 강가에서
서녘 하늘 노을로 피는 어머니를 보았습니다

고양이처럼 행복하게

꽃마리쌤

꽃마리쌤

×

특별할 것 없는 동네지만, 특별한 이야기가
있는 양촌공원의 고양이들을 소개합니다.

계절과 함께 자라는 우리들

너와 나, 우리들의 이야기

특별할 것 없는 동네지만,
특별한 이야기가 있는 양촌공원의 고양이들을 소개합니다.

볕 (양) 마을 (촌) 그래서 양촌마을이라고 한다.
볕이 잘 들어 따뜻해서 자주 뒹굴고 누워있는 양촌공원의 고양이들.

처음 이곳에 자리를 잡은 건 럭키라는 고양이다.
이사를 간 집에서 키우던 고양이를 두고 이사를 가셨고,
한 아주머니께서 어린 고양이를 돌보게 되었다.
주인을 기다리는 건지는 모르겠지만,
고양이는 비가 오나 눈이 오나 양촌공원을 떠나지 않는다.

비가 오는 날은 우산을 씌워주고 가는 분들.
용돈 아껴서 간식 사 오는 아이들.
겨울철 집을 마련해 주는 분들.
중성화를 시켜주고, 아프면 병원도 데려가고.

고양이들은 볕이 좋은 날 드러누워 자면 그만이다.
드러누워 자는 걸 보는 것만으로 부러울 만큼 평화롭다.

[캣맘 인터뷰]

17년 전 비 오는 날 공원에서 아기 고양이를 보고 이 일을 시작하게 되었어요.
이 일로 힘든 점은 없고 즐거운데 고양이들이 아플 때는 마음이 힘들어요.
럭키는 증손자가 있고, 나이가 들어 잘 움직이지도 않아서 속상하고요.
제가 부탁하고 싶은 것은 지금처럼 같이 살수 있으면 좋겠어요.

[캣맘 인터뷰]

사람이 사는 공간 주변에서 길고양이를 완전히 없앨 수 없어요.
그렇다면 적정 숫자의 길고양이들이 균형을 이루며 주민들과 불편함 없이
공존하는 마을을 만드는 게 현명하다고 봅니다.
캣맘들의 활동을 그런 관점에서 바라봐 주시면 좋겠어요.

캣맘들의 활동은 단순한 먹이주기에 그치지 않는다.

고양이들의 서식이 주민들에게 불편을 주지 않게 하기 위해 먹이 제공과 사후 처리까지, 집에서 기르는 고양이 이상의 시간과 정성을 쏟는 캣맘들이 대부분이다.

길고양이의 숫자를 적절히 조절하기 위한 중성화 시술 시행에도 캣맘들의 도움이 절대적이다. 임신 중이거나 수유 중인 고양이들을 피해 수술 대상을 선정하고, 부상이 없게 안전하게 포획하는 일을 캣맘들이 담당하기 때문이다.

길고양이를 굶긴 후 포획해야 하기 때문에 이틀 정도 밤을 새는 경우도 있다고 한다.

내가 이곳에 이사 온 지가 벌써 12년 째.
럭키는 17년 이상 살아낸 양촌공원의 상징적인 고양이가 되었다.

나는 가끔 럭키가 사람이 아닐까 생각한 적이 있다...

아이들의 성장과 늘 같이 해온 고양이들
사람들과 함께 상생하는 우리는 행복하다.

"참 좋은 우리 동네"

그러니까,
그럼에도,
그럴수록,
그것까지,

모두

"감사합니다"

고양이처럼
행복하게
느긋하게

함께 가자

〈책만들기파워업 14기〉

'나와 함께하는 것들'이라는 주제로 함께 할 수 있어서 감사합니다.

전영은

미미

이무늿

신수연

최유라

이효진

꽃마리쌤